切なくそして幸せな、タピオカの夢

吉本ばなな 著

Soupy Tang 絵

幻冬舎

恋している相手と食べるごはんは家族とリラックスして取る食事の対極にあり、いつも少し緊張しているものだ。それがいいところでもある。そのあとの濃密な時間をうっすらと予期しているから、ふたりきりの時間への一歩一歩を刻んでいるから。

スリルを感じることが好きな人なら、恋人あるいはそうなりそうな可能性がある異性とごはんを食べるのがいちばん好きだろうと思う。

情けないことに、私は昔からそうではなかった。

向かい合うなり「なんでこんな知らない人とごはんを食べているんだろう、早く家に帰ってくつろぎたいなあ」などとばかり思っていた。どうりでモテないはずだ。

恋人と食事をする緊張感がだんだん、なにも気にしないでリラックスして食べることができる時間へと変わっていくとき、だれにとってもきっと、いつのまにかその相手はかけがえのない存在になっている。それは要するに家族になっていくということ。

家族になった異性の実家に行く。

初めは知らない家だからもちろんすごく居心地が悪い。全ての習慣が違う。自分と一緒にいるときよりもくつろいだパートナーを見ると違和感があって淋しく思える。自分よりもお母さんに甘える彼を憎たらしく思う。

でもたとえそんなふうにそわそわしながらたまにする訪問であっても、何年もくりかえすうちに、ある日なぜか自分のパートナーが留守のときでも、その家でごはんを食べたりすることができるようになる。

いつのまにかもうひとつの我が家のように、時間がうまくもっていってくれる。逆にいうと、そうなったら結婚とか同棲はうまくいっていると言えるだろう。面倒くさくて大変だけれど愛おしいもうひとつの家族をその人は手にしている。

若いときはいつでも一生を共にできるパートナーを探しているから、恋愛に重きをおいて当然だ。めくるめくぎゅっとした気持ち、世界中が恋に染まってみえる胸の痛み、それはとてもすばらしいものだ。

それは相手を変えても同じように訪れる感覚だから、実は人生においてそんなに重要ではない。交通事故とか、熱病に分類したっていいくらい。

恋というのは、自分の描く理想像に自分がのめり込んでいるようなもので、ほんとうのところ、いつまでやってもきりがない。

しかし他人が家族になっていく時間はそれとは違って全てを熟成させる。結婚という形式でなくてもいい。子どもはいてもいなくても同じだ。ある人が自分になじんでいって、セクシャルな気持ちは減ってしまってもあまりある別の親しみを感じられたら。なじんだ毛布のような「愛」を得たら。

時間というものがまるでおいしい漬物や、おなかに優しいヨーグルトみたいに私たちの関係に発酵をもたらして、人と人が家族のようになる。

その不思議こそが、恋以上に人生の大きな神秘ではないだろうか？

人とのつながりは、いったいどういう形でできあがっていくのだろう。

だれかと出会い、お互いを伴侶と決め、子どもを作る。

これからの時代はもうそれさえも必要としなくなっているのかもしれない。

恋愛は恋愛、終わったらそこまでまた次の出会いを探すだけ。期間があいてもその間は親兄弟や友だちと楽しく過ごせばいいし、都会ならやることはたくさんある。

年とともに子どもを持たない可能性は増えていくけれど、友だちと助け合って生きていける。頭がおかしくなるほどの悲しみや、のたうちまわるほどの絶望や、苦悩するほどの貧困を知らないけれど、とにかく生きている。そんなふうに時代はなっていくのかもしれない。

でも、そんなふうに安定したように見える人生であっても、人生には不意にいろいろなことが起きる可能性がある。昨日と同じ気持ちで今日を迎えることは決してない、そんな大きな変化はいつでも起こりうる。

すてきなことも悲しいことも、あるときまるで災害みたいに強い力でやってきて、人生の流れを変えてしまうことがあるかもしれない。強すぎる「すてきさ」は、ほとんど悲しいことと同じくらいにたいへんなのかもしれない。でもそれこそが人生だし、私たちが生き物だという証だ。

私が小さかったときのこと。

私の母はずっと病気だったので、父が家族のごはんを作っていた。父は少しでも時間があれば自分の研究がしたかったし、仕事をして家族を養わなくてはいけなかったから、毎日ごはんを作るのはつらかったと思う。しかし私も姉もまだ幼く、だれかがごはんを作らなくてはならなかった。

だから父はよく近所の市場にお惣菜を買いに行った。

父が買い物かごを下げて、家から歩いてちょうど20分くらいの市場に散歩がてら歩いて行く姿が何枚も写真に残っている。昔の時代の人なのに、そういう姿を恥ずかしいと思うことは全くなさそうだった。気分転換もできるし、小腹が減った夕方の時間に好きなものを買い食いできるし、市場の中にある書店にも寄れる。なによりも、忙しかった父の唯一の運動がそのウォーキングだったので、むしろ楽しそうに見えた。私もその買い物にたまについていった。

肉

時間のないときや大きめの根菜を買ったときはタクシーで帰った。その市場から実家まではちょうどワンメーターくらいの距離だった。両手に食材を抱えた父と一緒にタクシーに乗るときの気持ちを今でも覚えている。いつもの街、さっきまで歩いて通った道を、タクシーはあっという間に走り抜けて行った。そうやって眺めるふるさとの街のごちゃごちゃした街並みの景色がとても好きだった。

市場の中にはポテトコロッケ、メンチカツ、豆の煮付け、おから、ひじき、鶏のつくねなどのお惣菜が売っていた。父は副菜としていつもそれらのどれかを選んだ。なので、私の心の中の「おふくろの味」「味のふるさと」はあの市場のお惣菜だ。そのお店はなくなってしまい、もう売っていないので二度と食べることはできない。

おでんの具を専門的に売っているお店もあって、そこで選ばれた練り物となぜかじゃがいもが入っているおでんもよく登場した。日本の関東地方には小麦粉をぎゅっと固めて作ったちくわのような「ちくわぶ」というものがある。それがうどんの代わりみたいに食される。私はそれが大好物だったけれど、関東以外では見かけたことがない。

市場の真ん中にはお茶屋さんがあり、日本茶を煎る機械があった。その機械が稼働しているときは、市場いっぱいに香ばしいお茶の香りがしていた。その香りも私の幼い時代を象徴する良い思い出である。

そのほかに父が自分で作っていたものはみんなこってりと脂っぽく、食材を使いきりたいために、同じものがどこにでも入っていた。あれこれ考えて次の日にやりくりしたりするひまがなかったのだと思う。

例えばほうれん草なら、ほうれん草のおひたし、ほうれん草と肉のバター炒め、その横にはほうれん草のお味噌汁、ほうれん草の卵とじ……というような「づくし」メニューが多かった。

同じメニューを続けて作るのも父の得意技だった。きっと考えるのがめんどうくさいのと、その味にはまってしまうのだろう。

バターロールにチーズとバターとハムをたっぷり挟んで、アルミホイルで包んでオーブントースターで焼いたもの。

それからのり巻きにバターしか入っていないバターのり巻き。

インスタントの塩ラーメンににんじんとバターが入ったもの。

びっくりするほどバターが入ったオムレツの中に半生の玉ねぎが入ったもの。

それらが10回くらい連続でお昼ごはんとして出てきたのを覚えている。

父はどれだけバターが好きだったんだろう？

高度成長期の日本で流行った「日本の洋食」にはバターが多用されていたから、父はそれに憧れていたのかもしれない。

だから私にとって、もうひとつの「おふくろの味」「味のふるさと」は熱が入ったバターの味なのである。

父の作るお味噌汁はすごく濃かった。

「これはもう、お味噌汁というよりも味噌漬け！」

と、うちに来た友だちによく笑われた。

飲むのがつらいくらいに味噌が濃かったのだ。

なので私が自分で作るお味噌汁は、だしが強めで味噌は少なめになった。

でもたまに、父の作る濃いお味噌汁をどうしても飲みたいと思うことがある。特に大根の細切りが入ったものを。

大根はこうやって切るんだよ、と教えてもらったことも覚えている。

きっとお父さんのお母さん、私のおばあちゃんもそうやって大根を切っていたんだなと思う。

私はつい半円に切ってしまうのだが（楽だから）、たまに父を思い出して、大根を長細くきちんと切ってみる。

そんなときは、少し味噌を多めに入れて味を濃くして、昔を懐かしむ。

いつも使っているこだわりの味噌ではなくて、スーパーで買ってきた安い味噌で、昆布もにぼしも使わない、父が使っていたインスタントのだしで父の味を再現したらきっと、父がごはんを作っていたときの懐かしい苦しみまでもが、伝わってくるかもしれない。

今はもう、私の子どもは私に抱きついてこない。一緒に寝ることもない。ひとりで寝て起きて出かけていくし、友だちと外でごはんを食べたりしている。

自分の好きなことがあり、世界があり、時間の使い方がある。

子どもが赤ちゃんだったとき、私は生まれて初めて孤独を感じない毎日を過ごすことができた。

長い間の私の愛の渇きはすっかり癒された。恋愛にスリルを求めなかった私は、どんなに恋人とくっついていても淋しかった。数時間後には別々の家に帰っていく関係が常に虚しかった。いつでも一緒にいてくれるだれかがほしかった。大人になったらそんな人はいないとわかっていたし、自分の人生は生きるも死ぬも結局は自分だけだから、自分でしっかり歩いて味わっていかなくてはいけないことだって、知っていた。

それでもやはり嬉しかったのだ。自分だけを愛して、いつでも見ていてくれる赤ちゃんというものの存在は、私を根底から変えてしまった。こんなに一緒にいても人は一人だ、でも一緒にいることが嬉しい。そう思った。

自分の時間のほとんど全てを捧げてとことん一緒にいたからこそ、今彼が離れていくことを堂々と応援できるのだろう。

それでも、あの日々だけに見ることができた夢を私は忘れることができない。

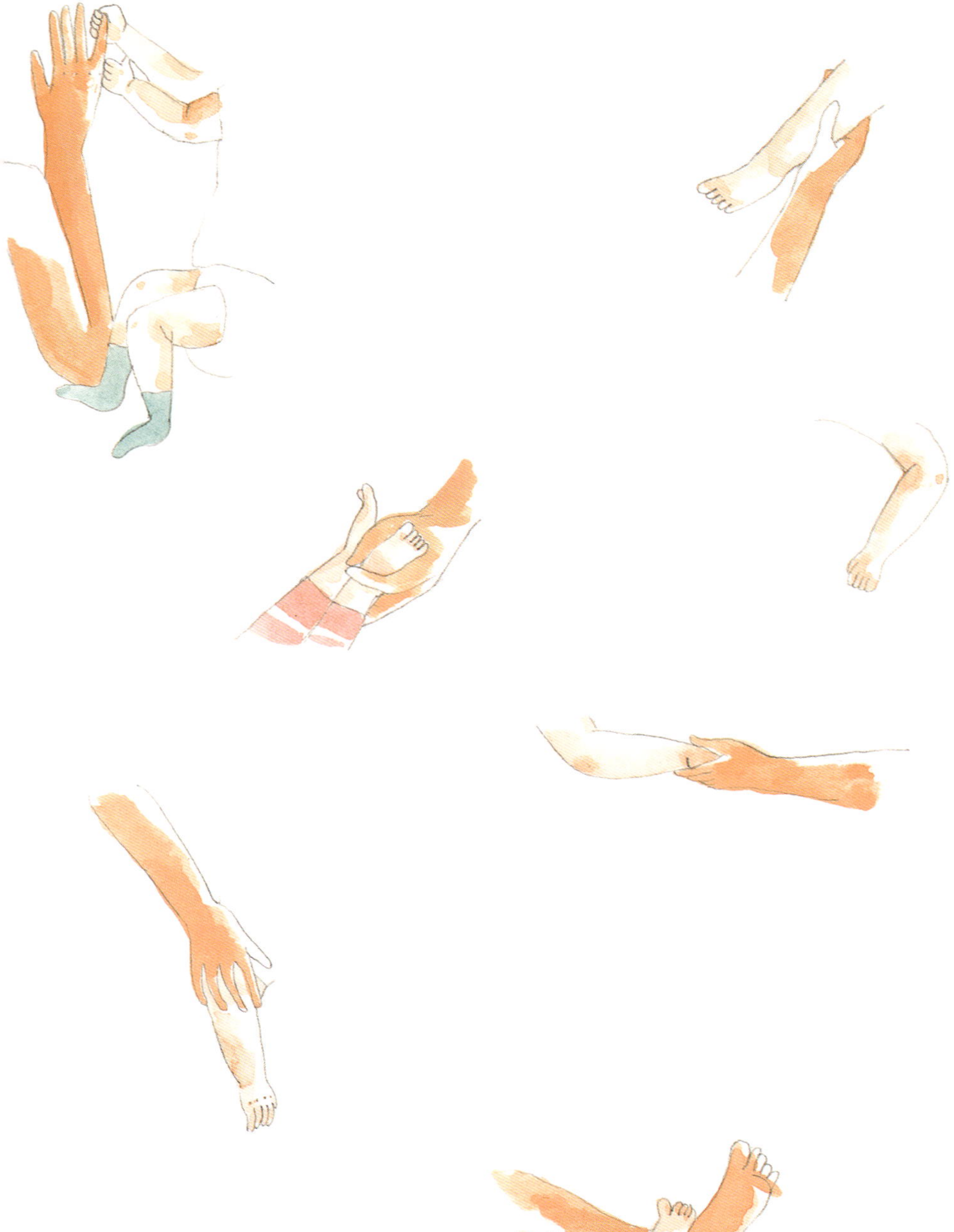

初めて自分の赤ちゃんが隣に眠った日、昨日までいなかったかわいい人間が急にこの世に出現したことにまだ驚いていて、いつまでも寝顔を見ていたこと。小さな手を触っていたこと。

それからはいつも体のどこかに赤ちゃんの体がくっついていたこと。

やがて歩くようになればいつでも手をつないでいたこと。

寝るときにはちょうど私の手元に来る彼のふくらはぎを触って寝たこと。熱があったり、夜中に起きてしまってもすぐわかるようにどこかを触っていたこと。

まるで小さな巣の中の生き物のように、いつもくっついていたこと。

私は彼を母乳で育てたので、おさるさんのようにいつでも乳をあげることができたし、おさるさんのようにくっついていた。

世の中の人が「卒乳はたいへんだよ」と言うので、覚悟していた。「何日も泣くよ」「追いかけてくるよ」などなど。

でも、全くそんなことはなかった。

フォローアップミルクというとてもおいしい、そしてちょっと高い粉ミルクがあって、ためしにそれを買ってきて飲ませてみたときのことだった。ちなみに私はほとんど粉ミルクを使わなかった。子どももあまり喜んで飲まなかったからだ。しかしその高くて濃厚な粉ミルクはかなりおいしかったらしい。

彼は哺乳瓶一本をぐいぐい飲み干して、もっと飲みたいという態度を示した。そしておなかが空くとその缶を探し出して、私の前まで持ってくるようになった。

なんて簡単なことだったろう。

私の薄い乳はもういらない、そろそろなにかを食べ始めるぞ、そんな気持ちで彼ははじけそうな勢いだった。

拍子抜けした私だが、淋しくはなかった。

人生で初めての「自分がだれかの食べ物である」という時期を卒業できて楽になったし、とことんやったからこそお互いに自然に離れられたのだろう。

それでもやはり、小さい子がいつでも側にいた日々の思い出は私の心を慰める。

手をつないで、スーパーに行って、お菓子やアイスをねだられて。

夏の暑い日には、私は買い物帰りに夕方のバーに寄って、スパークリングワインを一杯だけ飲んだ。隣には子ども。いつもブラッドオレンジジュースを飲んでいた。

彼がいちばん好きだったのは、私の作るトマトとガーリックのスープだった。とことん熟れたトマトで作るそれは、甘酸っぱくて濃厚なのだ。今でもそれを作っていると「ママのトマトスープ、懐かしい」と彼は言う。

彼の人生に刻まれた味なのだろう。そういうものを自分が生み出したことに不思議を感じる。

家に帰ると私はごはんとそのスープか味噌汁を作り、おかずを作る。たいていの場合子どもはそこで疲れて寝てしまい、起こすとぼんやりとしながらごはんを食べる。そんなくりかえし、なんの特別なこともない。でも積み重ねるとそれは何か大切な塊になる。

あるとき、私は一枚の写真を見つけてつい泣いてしまった。

それはいつも一緒に電車に乗っていた私と5歳くらいの子どもを、シッターさんが写真に撮ってくれたものだった。

電車の中で私は眠っている。その眠っている私に5歳くらいの子どもがしっかりくっついて、腕に腕を絡ませ、肩にぎゅっと顔をつけている。

もうこんなときは二度と戻らないのだと思った。

直後にすっかり大きくなった子どもが帰宅して、憎まれ口をきいたり洗濯物を出し始めたりしたのですぐ我に返ったのだけれど、あの写真を見た一瞬、私はあの時間の中にいた。私は今一人で歩き、電車に乗り、買い物をする。でもコアラみたいに、カンガルーみたいに、鬱陶しくも温かい温もりがいつだって一緒だった日々が確かにあったのだ。

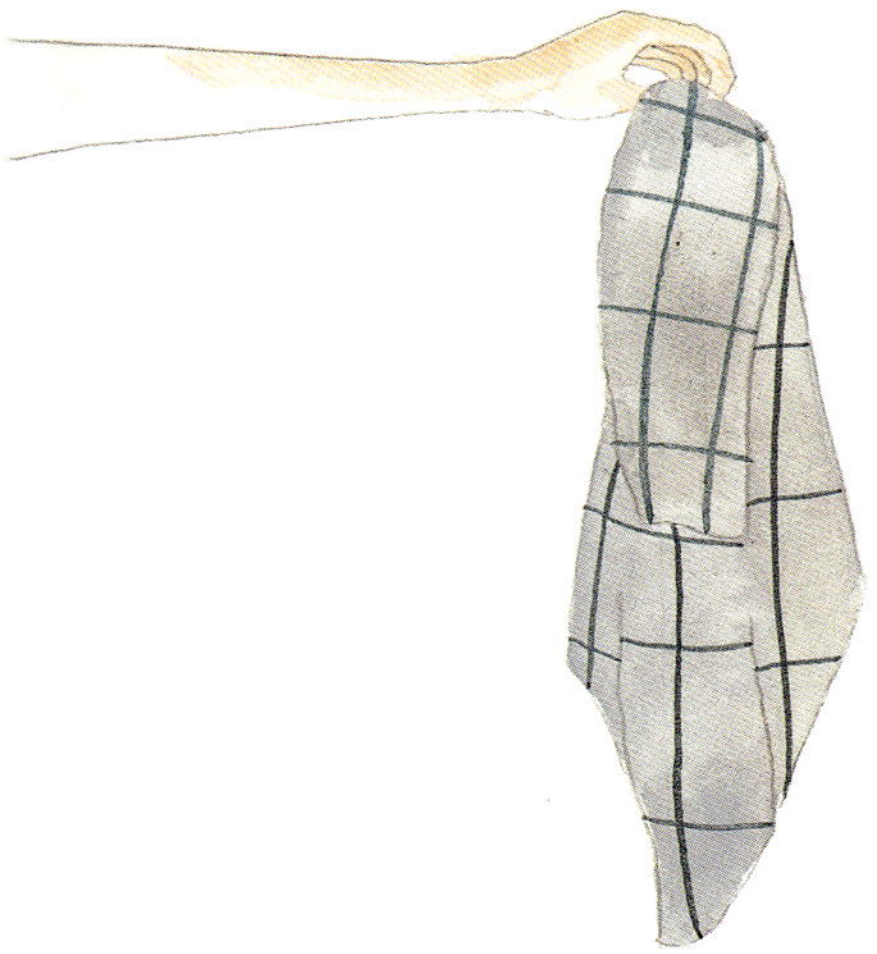

うちの近所に「たぴヤ」というタピオカのお店がある。

私の子どもはそこが開店したときから、5年間、三日に上げずそこに通っている。学校からうちに帰ってくる彼の手にはいつもタピオカがある。ブラックタピオカを通常の3倍くらい増したものに、コーラが入っているのが彼のいちばん好きな組み合わせだ。

あまりにも毎日行くので、お店の人が彼を覚えてくれて、行く前にメールをすると作っておいてくれたり、ほんとうは夏だけのメニューだったはずのコーラをいつでも出してくれるようになった。

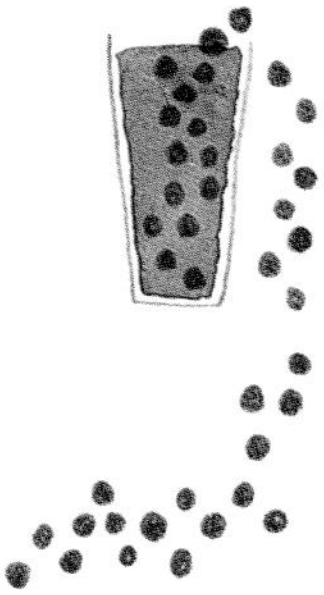

私が自分の部屋で仕事をしていると、彼が思い切りタピオカをすする音が激しく聞こえてくる。汚い音だなあ、と今の私は思っている。彼はコーラを飲みきってしまうと、タピオカだけを私の大切な小さな木のボウルに入れて、おいしそうにコツコツ食べている。

または、タピオカのカップを手に持ったままでうたた寝している。

台湾に行くと、いつも彼は1日2回くらいタピオカを食べ、夜は仙草ゼリーと愛玉子を食べる。餅や豆は一切入れず、そのふたつだけだ。

それでも彼は言う。

「やっぱり感触といい、味といい、たぴヤのタピオカがいちばんだ」

わざわざ台湾まで行ったのに、と私はがっかりするが、夜の道にはみ出すような椅子に腰かけて、汗をかきながら仙草ゼリーや愛玉子を食べた思い出がまだ私の胸をいっぱいにしている。

今はまだ、彼はタピオカを片手に必ず私の住む家に帰ってくる。

そして一緒に台湾に旅をして、仙草ゼリーと愛玉子とタピオカのはしごをしたりしている。

でも、あの小さい赤ちゃんが私にいつもまとわりついていたのに今はどこにもいないように、どんなときでも「ママがいちばん好き」と言いながら、手をつないできたのに今は恥ずかしがって手をつないでくれなくなったように。

愛は変わらずここにあっても、形を変えていくのだろうと思う。

そして私は彼のいなくなった家で、夕方になってもタピオカをすする音がしないことに気づくのだろう。

そのとき私は淋しいのか、清々しいのか、全くわからない。ただ、人生の過ぎ行く様を切なく思うのは確かだろうと思う。

夫が元気であれば、きっと懐かしい日々を静かに抱きながら、二人でしみじみとごはんを食べるのだろう。それは子どもがいた日々を共有した二人だけの、確かな絆であろう。

夕方の空を見上げて、あの子がそろそろ帰ってくるかなと思う、今日も無事で帰ってきてくれたら何もいらないなと思う。

それが親というものだ。

父も渋々とごはんを作りながら、私が帰ってくるのをこんなふうに思ってくれたのだろうか。そう思うと胸がいっぱいになる。友だちと遊ぶのが楽しくてごはんはいらないと電話したことも、恋人とデートをしていて遅くまで帰らなかったことも、きっと同じように代を重ねてくりかえされるのだろう。

今はまだ夢を見ていたい。

あと5年も続かないであろう夢だ。

まだ子どもである彼が、うちに毎日帰ってくる日々。カウントダウンは始まっている。初めて彼が幼稚園に行った日から始まった、夕方に子どもを待つお母さんの日々。

昔に戻りたいとは思わない。かけがえのない成長の日々のひとつひとつを噛みしめてきたからだ。お誕生日にいつも行く優しいおじさんとおばさんがやっているピザの店、週末は必ず通っている、気さくなお兄さんがやっている自然派ワインとフォーの店、親戚みたいなおつきあいの焼肉屋さん、子どもが通りかかるといつも手を振ってくれるタイ料理屋のシェフのお姉さん、いつも豆かんを食べるおしゃれなカフェは、最近では子どもだけで行っても豆かんを出して、私につけておいてくれる優しいマスター。そして例のタピオカ屋さん。そんな思い出がいっぱいのこの街は彼のふるさとだ。それから私の育児の歴史なのだ。

いつかそれらのお店がなくなっても、それから私が歳をとってあのトマトスープを作れなくなってしまっても、その記憶は宇宙の中に刻まれているのだと思う。

コーヒー
5
PHO

あなたが恋人と食べるごはんが、いつか「家族」と食べるごはんになりますように。

そしてそれの積み重ねが、かけがえのない地層となってあなたの人生を創りますように。できればそれが幸せなものでありますように。

キャンドルを灯して、ビールやワインなど飲みながら、暮れ行く空を眺めていつもと同じ人たちと食べる晩ごはんのメニューを考える瞬間の幸せは、人生の数々ある幸せの中でもそうとうに大きいと思う。しかしそれも、食卓を囲む家族を愛していてこそだ。そんな愛があなたの世界にありますように。

先日台北で、台風の夜にシングルの人たちが集って、どんどんワインを開け、ロブスターをじゃんじゃん食べているのを見た。

外はごうごう風が吹いて、街路樹が大きく揺れていた。

これからたいへんな夜がやってくるから、今のうちに、まだレストランが開いているうちに、食べておこうという気持ちだけはみんな同じだった。

その人たちはみんな大声で笑っていたけれど、これから帰宅して一人になるのを恐れているようにも見えた。独身の、あるいは一人暮らしのときだけの孤独と華。

そんな華やかな幸せも、隣で生ハムとエシレバターとパンばっかりたくさん食べていた私たち地味な家族の幸せも、どちらもあなたの人生をそのときどきに彩りますように。

人生は一度しかなく、なるべく幸せでいた方がいい。
なるべく愛する人と、おいしく食べた方がいい。

鮮肉湯包
湯包55 紅茶冰熱豆漿10

あとがき

イラストレーターのSoupyちゃんに一目会ったときに、この人はきっといい絵を描く人だなと思った。そしてその通りだった。彼女の取材能力はすごくて、なにもかもをしっかり自分の絵の中に描くためにひとり日本取材にやってきて、身軽にたくさんの場所を訪れていた。

しかし彼女は実はひとりでも身軽でもなかった。お腹に赤ちゃんがいたのだった。この本が完成したちょうどその頃、Soupyちゃんが大きいお腹で出版記念講演にやってきたのも嬉しかった。全部が運命の自然な流れだと思う。とても縁起のいい本だ。

日本より先に外国で本を出したのは初めてのことで、いろいろな違いに驚きもしたが、一冊の本を和気あいあいと作っていく感じはとても楽しかった。

日本版を出そうと言ってくださった幻冬舎の壷井円さん、ありがとうございます。壷井さんにもまだ小さい男の子がいて、ちょうど切なく幸せな日々の真っ盛り。

ずっと子どもがママにくっついているときはあっという間に過ぎ去り、私の息子も今はいかつい高校生になってしまったけれど、ふたりの交わす眼差しの中に、握手する手の中に、確かにあの頃が入っている。

ちょっとだけだけれど、深く深く入っているのだ。

だから、人生はすばらしいなと思う。なにひとつ、虚しいものはない。

２０１８年　初夏　吉本ばなな

吉本ばなな（よしもと・ばなな） 著
1964年東京都生まれ。日本大学藝術学部文芸学科卒業。87年『キッチン』で第6回海燕新人文学賞を受賞しデビュー。89年『キッチン』『うたかた／サンクチュアリ』で第39回芸術選奨文部大臣新人賞、同年『TUGUMI』で第2回山本周五郎賞、95年『アムリタ』で第5回紫式部文学賞、2000年『不倫と南米』で第10回ドゥマゴ文学賞を受賞。著作は30か国以上で翻訳出版されており、海外での受賞も多数。近著に『吹上奇譚　第一話　ミミとこだち』がある。noteにて配信中のメルマガ「どくだみちゃんとふしばな」（https://note.mu/d_f）をまとめた単行本も発売中。

Soupy Tang（すーぴー・たん） 絵
作家・画家。幼い頃からイラストと絵を描くことが大好きで、高校・大学で専門的に学ぶ。エディンバラアート大学在学中、「Relaxing Together」でデビューし専業イラストレーターとなる。地域、文化、日々の生活を観察して描く様々な作品は、普遍的で抽象的な表現を生み出している。旅行が大好きで、小さなスーツケースを片手にどこにでも出かけていく一方、一杯のあたたかいお茶を飲んでリラックスすることも心から愛している。
作品に、「Living & Making With Soupy」「Twinings × Soupy Tang - A History of British Tea」「Around the World In 19 Kitchens」「pickle!」がある。

デザイン協力 / 幻冬舎デザイン室
※本書の繁体字版が2018年1月に台湾の時報出版社から刊行されています。

切なくそして幸せな、タピオカの夢

2018年7月25日　第1刷発行
2019年2月 5日　第3刷発行

著　者　吉本ばなな
発行者　見城 徹

GENTOSHA

発行所　株式会社 幻冬舎
〒151-0051 東京都渋谷区千駄ヶ谷4-9-7
電話：03(5411)6211(編集)
03(5411)6222(営業)
振替：00120-8-767643
印刷・製本所：中央精版印刷株式会社

検印廃止

ISBN978-4-344-03332-0　C0095
幻冬舎ホームページアドレス　http://www.gentosha.co.jp/

この本に関するご意見・ご感想をメールでお寄せいただく場合は、comment@gentosha.co.jp まで。